Als Alice das weiße Kaninchen bemerkte und ihm in sein großes Kaninchenloch folgte, begannen für das kleine Mädchen die wunderbarsten Abenteuer, die man sich nur vorstellen kann. Stell dir vor, du sitzt plötzlich auf einem Pilz und unterhältst dich mit einer blauen Raupe. Oder du trinkst Tee mit einem Märzhasen, einem verrückten Hutmacher und einem kleinen Siebenschläfer.

Natürlich wußte Alice manchmal selber nicht mehr genau, ob sie ihre Abenteuer wirklich lustig finden sollte. Die Geschichte der weinenden Schildkröte war sehr traurig anzuhören. Und auch der Besuch bei der Herzkönigin war nicht gerade amüsant. „Kopf ab!“ war der Lieblingsbefehl der Königin, wenn sie mit einem Teilnehmer ihrer Krocket-Gesellschaft nicht zufrieden war. Kein Wunder also, daß Alice heilfroh war, als sie schließlich fliehen konnte.

Lewis Carroll

Alice im Wunderland

bearbeitet von Jane Carruth

Illustrationen von Rene Cloke

KARL MÜLLER VERLAG

Titel der Originalausgabe: Alice in Wonderland
Übertragung aus dem Englischen: Monika Harand-Krumbach
Redaktion: Dieter Krumbach

Printed in Spain

ISBN 3-86070-005-7

DEP.LEG. B-32.531-91

INHALT

Kapitel		Seite
1	Hinunter ins Kaninchenloch	8
2	Der Tränensee	13
3	Das Freie-Wahl-Rennen	19
4	Klein Bill fliegt aus dem Kamin	27
5	Ratschläge von der blauen Raupe	37
6	Ferkel mit Pfeffer	45
7	Eine verrückte Teegesellschaft	53
8	Auf dem Krocketplatz der Königin	59
9	Die Geschichte der Falschen Suppenschildkröte	68
10	Die Hummer-Quadrille	75
11	Wer hat die Törtchen geklaut?	79
12	Alice als Zeugin	86

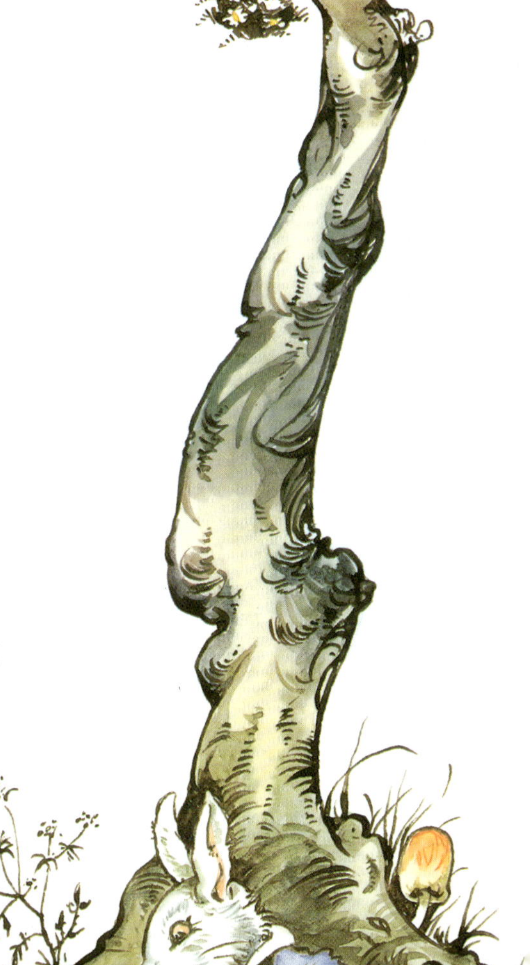

Kapitel 1

HINUNTER INS KANINCHENLOCH

Alice langweilte sich allmählich. Sie saß neben ihrer Schwester am Hang und hatte absolut nichts zu tun. Es war ein heißer Sommertag, und die Sonne machte sie dumpf und schläfrig. Plötzlich hoppelte ein weißes Kaninchen mit rosa Augen an ihr vorüber. Alice fand nichts Ungewöhnliches dabei – bis das Kaninchen doch wirklich eine Uhr aus seiner Tasche zog und murmelte: „Ach du liebe Güte, ich komme noch zu spät!“ Das war allerdings seltsam. Alice sprang auf und rannte hinter dem Kaninchen her.

Gerade noch sah sie das Kaninchen in einem großen Kaninchenloch ver-

schwinden. Ohne zu zögern sprang sie hinterher. Es war, als ob sie in einen tiefen Brunnen fiele. Doch komischerweise fiel sie so langsam, daß sie sich in aller Ruhe umschauen konnte. Sie sah alle möglichen Bilder, Landkarten,

Bücher, Krüge und Flaschen. Immer tiefer ging es hinab, bis sie schließlich mit einem Bums in einem Haufen trockener Blätter landete. Da saß sie nun.

Glücklicherweise sah

sie das Kaninchen immer noch und folgte ihm. Sie konnte es gerade noch murmeln hören: „Oh, meine Löffel und Schnurrhaare, wie spät es schon ist!“ Und schon war es mit einem Hakenschlag verschwunden.

Alice befand sich in einer großen Halle.

Alle Türen an den Wänden waren abgesperrt. Doch auf einem gläsernen Tisch bemerkte sie einen winzigen goldenen Schlüssel. Zu ihrer Freude paßte

der Schlüssel in die kleinste Tür. Sie kniete sich nieder und schaute in einen herrlichen Garten.

Es war der schönste Garten, den man sich vorstellen kann, und Alice wäre gern hineingegangen. Doch nicht einmal ihr Kopf paßte durch die kleine Tür. „Und selbst, wenn das ginge", sagte sie sich traurig, „was nützt der Kopf ohne den Rest von mir!"

Es hatte keinen Sinn, weiter neben der Tür zu warten. Also ging sie zum Tisch zurück. Zu ihrer Überraschung fand sie diesmal eine kleine Flasche darauf, die vorher bestimmt noch nicht dort gestanden hatte. Um den Flaschenhals hing ein Etikett mit der Aufschrift TRINK MICH.

„Also gut", sagte sich Alice. Das Gebräu in der Flasche war wirklich köstlich. Es schmeckte gleichzei-

tig nach Pudding, Kirschkuchen, Karamellen und heißem Buttertoast.

Alice trank alles aus. Dann passierte etwas sehr Seltsames. Sie wurde immer kleiner. „Nun habe ich genau die richtige Größe für den wunderbaren Garten", sagte sie sich, als sie nicht mehr weiterschrumpfte. Doch, arme Alice! Sie konnte nicht an dem rutschigen Tischbein hochklettern, um den goldenen Schlüssel zu holen, wie sehr sie sich auch abmühte. Sie begann zu weinen.

Kapitel 2

DER TRÄNENSEE

„Es hat keinen Sinn zu weinen“, belehrte sich Alice streng. Sie holte tief Luft und bemerkte auf einmal ein kleines Stück Kuchen mit den Worten ISS MICH darauf. „Also gut“, sagte sie.

Arme Alice! Sie hatte den Kuchen noch nicht ganz aufgegessen, als sie schon in die Höhe schoß. Sie stieß mit dem Kopf an die Decke und mußte wieder weinen. Dann hörte sie Fußtapsen, und das weiße Kaninchen kam herbeigetrottet. Als es sie bemerkte, ließ es seine Handschuhe und seinen Fächer fallen.

So schnell es konnte, huschte es weg. Die traurige Alice hob die winzigen weißen Handschuhe und den Fächer auf und wedelte damit. „Ach ja, wie verdreht ist doch heute alles“, sagte sie laut und beschloß, mit dem Weinen aufzuhören. „Ich spüre MICH gar nicht mehr. Ob ich wohl wer anders gewor-

den bin? Und ich will nicht länger alleine in dieser Halle in einem See aus meinen eigenen Tränen sitzen. Wirklich nicht!“

Während des Redens schaute sie auf ihre Hände. Sie merkte überrascht, daß sie die weißen Handschuhe des Kaninchens angezogen hatte. „Ich schrumpfe wohl wieder!“ rief sie. „Es muß der Fächer sein!“ Und sie ließ ihn schnell fallen. Dann fragte sie sich wieder, ob sie wirklich noch Alice war. „Ich will ein paar von meinen Lieblingsversen aufsagen...“ beschloß sie.

Da hockt das kleine Krokodil
Ganz faul im grellen Sonnenglanz
Und kippt die ganze Flut vom Nil
Sich auf den goldnen Schuppenschwanz.

Es grinst so fröhlich in sich rein
Und spreizt die scharfen Krallen faul
Und lädt dabei die Fischlein klein
Sich alle in sein Riesenmaul.

Alice sagte die Verse im Sitzen auf. Dann stellte sie sich auf, das machte aber keinen Unterschied.

„Ich weiß genau, daß es nicht die richtigen Wörter sind“, sagte sie, und ihre Augen füllten sich mit Tränen. Dabei rutschte sie aus und fiel in den See den sie selber geweint hatte. In dem Moment hörte sie etwas planschen. Es war eine Maus, die ebenfalls ins Wasser gerutscht war. Sie kam auf Alice zu.

„Soll ich etwas zu der Maus sagen?“ fragte Alice sich. „Ich versuch’s...“

Die Maus schaute sie erwartungsvoll an, schien ihr auch zuzublinzeln, sagte aber nichts. So begann Alice: „Ach, Maus, weißt du, wie man aus diesem See herauskommt?“

Die Maus blieb still. Also nahm Alice einen zweiten Anlauf. „Ist es vielleicht gar eine französische Maus?“ überlegte sie.

Sie sagte: „Où est ma chatte?“ Das war alles, was sie auf französisch wußte.

Die Maus sprang ganz plötzlich aus dem Wasser und zitterte vor Furcht am ganzen Körper.

„Es muß eine französische Maus sein“, beschloß Alice, als das Tier schnell wegschwamm. „Sie

wußte, daß ‚chatte' ‚Katze' bedeutet – ach du liebe Güte!" Der See füllte sich nun mit all den Vögeln und anderen Tieren, die hineingefallen waren: Darunter waren auch eine Ente, ein Dodo, ein Papagei,

ein junger Adler und sonstige seltsame Tiere. „Ich glaube, wir sollten alle ans Ufer schwimmen", rief Alice. „Ich schwimme voran, ihr folgt mir!"

Kapitel 3

DAS FREIE-WAHL-RENNEN

Was waren sie für eine bunt zusammengewürfelte Gesellschaft, als sie schließlich das Ufer erreichten! Die Vögel hatten ein zerzaustes Gefieder, den anderen Tieren klatschte ihr Fell nur so am Körper. Sie trieften vor Nässe, waren mürrisch und fühlten sich unbehaglich. Auch Alice war unglücklich, als sie die Tiere anschaute. Doch dann unterhielt sie sich einfach mit ihnen, als ob sie sie schon immer gekannt hätte.

„Wenn ihr mich fragt“, begann sie nach kurzem Schweigen, „müssen wir uns als erstes trocknen...“

„Ich weiß, wie wir uns am besten trocknen können“, meldete sich plötzlich der Dodo. „Es funktioniert ganz bestimmt...“

„Wie denn?“ wollte der Adler wissen. „Sag schon!“

„Mit einem Freie-Wahl-Rennen“, erklärte der Dodo.

„Was ist das denn?“ fragte Alice etwas unentschlossen.

„Am besten erklärt man es, indem man es tut“, meinte der Dodo. „Ich markiere zuerst die Strecke, eine Art Kreis, die genaue Form ist nicht so wichtig.“

Dann stellte der Dodo die ganze Gesellschaft auf der Strecke auf. Alle sollten losrennen und wieder stehenbleiben, wann immer sie Lust hätten.

Nach einer halben Stunde, als sie alle einigermaßen getrocknet waren, rief der Dodo plötzlich: „Das Rennen ist vorbei!“ Keuchend versammelten sich alle um ihn und fragten: „Wer hat gewonnen?“

Diese Frage konnte der Dodo auch nicht so recht beantworten. Also entschied er: „Jeder hat gewonnen, und jeder muß einen Preis bekommen.“

„Aber wer soll die Preise verteilen?“ riefen ein paar von den Tieren aufgeregt.

„Na, sie natürlich“, sagte der Dodo und zeigte auf Alice. Sofort drängten sich alle um Alice und forderten: „Preise! Preise!“

Arme Alice! Sie hatte keine Ahnung, was sie machen sollte. In ihrer Verzweiflung zog sie eine Tüte bunte Bonbons aus ihrer Tasche, die sie von ihrer großen Schwester bekommen hatte. „Hier!“ sagte sie zögerlich. „Jeder bekommt eines ab.“

„Und du?“ fragte die Maus. „Du mußt auch einen Preis haben!“

Alice schüttelte den Kopf. „Ich hab’ nichts mehr in meiner Tasche – nur noch einen Fingerhut.“

„Gib her“, sagte der Dodo. „Gib ihn mir!“

Die Tiere schauten neugierig zu, als der Dodo sich vor Alice verbeugte und ihr würdevoll den Fingerhut überreichte. „Wir bitten dich, diesen äußerst vornehmen Fingerhut anzunehmen.“ Als er seine kurze Rede

beendet hatte, applaudierten alle. Alice fand das alles ziemlich dumm, traute sich aber nicht zu lachen. Statt dessen bedankte sie sich mit einem Knicks bei dem Dodo.

Anschließend wurden die Bonbons gegessen. Ein paar von den großen Vögeln beschwerten sich, daß sie gar nichts schmecken könnten.

Alice wunderte sich, daß sich die Maus nicht auch

beschwerte. Es kam ihr nun schon seltsam vor, daß die Maus sich der Tier-Gesellschaft angeschlossen hatte. „Sie hat mir wohl das mit der ‚Katze' verziehen", überlegte sie.

Die Maus tat sehr geheimnisvoll. Sie schaute erst Alice und dann den Dodo an. Der Dodo verlangte, daß alle Tiere sich in einen Kreis setzten, und bat die Maus, ihnen eine Geschichte zu erzählen.

„Du könntest von dir selbst erzählen", schlug Alice vor. „Warum hast du solche Angst vor... Du weißt schon?" Sie unterbrach sich, um nicht wieder das Wort KATZE sagen zu müssen und die Maus damit erneut in die Flucht zu schlagen.

„Meine Geschichte ist lang und hat ein trauriges Ende", antwortete die Maus, schon wieder mit einem endlos langen Seufzer. „Ja wirklich, dein Schwanz ist ganz schön lang", meinte Alice unaufmerksam. „So einen langen habe ich bestimmt noch nie gesehen."

„Ich rede aber doch nicht von meinem Schwanz", sagte die Maus beleidigt.

„Bitte sei nicht böse," rief Alice. Sie setzte sich neben die Maus und spielte mit deren langem Schwanz.

„Du hast noch nicht einmal mit deiner Geschichte angefangen. Bestimmt wollen alle sie hören."

„Ich finde dich ziemlich doof", bemerkte die Maus, drehte sich zu Alice und starrte sie mit ihren glänzenden Augen an. „Und laß bitte sofort meinen Schwanz los."

„Du läufst aber nicht mehr weg, oder?" vergewisserte sich Alice.

Doch die Maus brummte zur Antwort nur in sich hinein und zog ihren Schwanz weg. Dann stand sie auf und huschte fort.

„Wenn ich meine kleine Katze Dinah bei mir hätte, würde sie die Maus schnell zurückholen“, sagte Alice. „Ihr entkommt keine Maus und kein Vogel.“

Während sie sprach, erhob sich die ganze Tier-Gesellschaft und hastete in alle Richtungen fort. Alice wünschte, sie hätte Dinah nicht erwähnt.

Kapitel 4

KLEIN BILL FLIEGT AUS DEM KAMIN

Als die Tiere alle verschwunden waren, fühlte sich Alice sehr allein und begann wieder zu weinen. Schon bald hörte sie aber leise Schritte tapsen und schaute neugierig auf. Das weiße Kaninchen kam auf sie zu. Es war noch vornehmer gekleidet als zuvor. Es schaute sich aufgeregt um, als ob es etwas verloren hätte. Dabei murmelte es:

„Die Herzogin! Die Herzogin! Oh, meine lieben Pfoten! Sie wird mich todsicher ermorden lassen. *Wo* kann ich sie nur verloren haben?“

Alice erriet, daß es seine Handschuhe und seinen Fächer suchte.

Nach kurzer Zeit bemerkte das weiße Kaninchen Alice und rief ihr ärgerlich zu:

„Marianne, was machst du denn hier. Lauf sofort nach Hause und hol mir ein Paar Handschuhe und einen Fächer, aber schnell!"

Alice war durch den ärgerlichen Ton des Kaninchens so erschrocken, daß sie sofort in die Richtung losrannte, in die es zeigte. Bald kam sie zu einem netten Häuschen mit einem glänzenden Messingschild an der Tür.

Als sie darauf *W. Kaninchen* las, stürmte sie ohne anzuklopfen hinein und die Treppen hinauf. Hoffent-

lich würde ihr nicht die echte Marianne begegnen und sie wegschicken.

Als sie in einem ordentlichen kleinen Zimmer mit einem Tisch am Fenster gelandet war, sah sie schon das nächste Abenteuer auf sich zukommen. Sie nahm Fächer und Handschuhe vom Tisch und wollte gerade gehen, als sie eine kleine Flasche neben dem Spiegel stehen sah. Sie zögerte. Dann entkorkte sie die Flasche und setzte sie an ihre Lippen. „Ich hoffe, sie macht mich wieder größer!“ dachte sie. Und so geschah es auch – viel schneller, als sie erwartet hätte. Sie mußte selbst im Liegen ein Bein im Kamin unterbringen und einen Arm zum Fenster hinausbaumeln lassen.

„Es wird immer verrückter!“ dachte Alice. „Hätte ich doch nicht so viel getrunken...“

In dem Moment hörte sie draußen eine Stimme. „Marianne, bring mir sofort meine Handschuhe!“ Und auf der Treppe hörte sie das Tapsen von Pfoten.

Als das Kaninchen merkte, daß es nicht hinein konnte, weil Alice die Tür blockierte, murmelte es: „Ich muß durchs Fenster hinein.“

„Nein, das wirst du nicht“, dachte sie, spreizte ihre Hand und griff in die Luft. Es gab ein Aufkreischen, einen Bums und das Krachen von zerbrechendem Glas.

Dann hörte man die ärgerliche Stimme des Kaninchens: „Pat, Pat, wo bist du?“

„Ich bin hier, Euer Gnaden, ich grabe...“

„Komm und hilf mir aus diesem

Gurkenbeet heraus!" sagte das Kaninchen mißmutig. „Und sag Bill, er soll die Leiter bringen..."

„Ich will nicht..."

Pats Stimme klang aufgeregt.

Alice versuchte noch mehr von der Unterhaltung aufzuschnappen. Es ging noch immer um Leitern – um zwei Leitern...

Dann sagte jemand: „Wenn wir sie zusammenbinden, reichen sie bis zum Schornstein hinauf..." Eine andere Stimme schrie: „Los, Bill, rauf jetzt!"

„Bill kommt also zum Kamin hinunter!" dachte Alice.

Sie wartete einen Moment, bis Bill oben auf der Leiter war. Als sie ein kleines Tier über sich kratzen und scharren hörte, trat sie kräftig in den Kamin.

„Das ist für dich, Bill!" sagte sie laut. „Wer du auch bist, du wirst wohl nicht gegen mich ankommen..."

Zuerst war es lange still. Dann hörte man plötzlich ein Stimmengewirr. Eine Stimme war lauter als alle anderen. Alice erkannte darin das weiße Kaninchen.

„Achtung! Paß auf, wo du landest!" rief es. Und dann: „Einer von euch an die Hecke. Bring jemand die Schubkarre..."

Wieder war es still. Dann hörte Alice das Kaninchen rufen: „Dort! Dort ist der alte Bill! Macht euch fertig zum Auffangen..."

„Hoffentlich hatte Bill eine weiche Landung", sagte Alice zu sich selbst, als sie ein schwaches, dünnes Stimmchen vernahm. „Nein, nein, keinen Schnaps

mehr, bitte... Ich weiß nicht, was passiert ist... etwas traf mich... wie ein Stehaufmännchen... und hoch ging ich... wie eine Rakete..."

Wieder hörte man Stimmengewirr, dann sagte das Kaninchen laut und vernehmlich: „Wir brennen das Haus nieder!"

„Wenn ihr das tut", rief Alice, „dann hetze ich Dinah auf euch!"

Nach einer Minute hörte sie das Kaninchen sagen: „Wir versuchen zuerst die Kieselsteine..." Und eine Ladung Steine flog durchs Fenster herein. Ein paar trafen sie am Kopf. Zu ihrer Verwunderung verwandel-

ten sich die Steine alle in Kuchen. Sie aß gleich ein Stück davon.

Glücklicherweise begann sie daraufhin zu schrumpfen, und schon bald paßte sie wieder durch die Tür und rannte aus dem Haus. Draußen standen Vögel und andere kleine Tiere.

„Dort ist sie!“ rief eines davon. „Sie ist an allem schuld.“

Alice suchte hinter einer großen blauen Blume Schutz, die sie für eine riesige Glockenblume hielt – bis ihr wieder einfiel, wie klein sie selbst jetzt war. Als die Tiere gerade berieten, wer zuerst auf Alice losstürmen sollte, begann glücklicherweise Bill, die arme kleine Eidechse, gewichtig zu quietschen. „Hilfe, Hilfe! Es muß der Schock sein...“

„Warte, warte, alter Kumpel!“ rief jemand, und die beiden Meerschweinchen rannten zu ihm hin.

„Gebt ihm noch mehr Schnaps“, schlug jemand vor. Sofort wurde die Flasche hergereicht, und der arme Bill röchelte und würgte bei jedem Schluck.

„Pech für den alten Bill“, dachte Alice. „Zumindest scheinen sie mich vergessen zu haben...“ So schnell sie konnte, drehte sie sich um und rannte weg. Bald erreichte sie zu ihrer Erleichterung einen tiefen Wald, wo sie wohl sicher war.

„Als erstes muß ich wieder meine normale Größe bekommen“, sagte sich Alice, während sie durch den Wald streifte. Als sie durch die Bäume lugte, hörte sie ein scharfes Bellen und bemerkte einen riesigen Hundewelpen, der sie mit großen Augen anschaute.

Alice duckte sich an eine hohe Distel, damit sie nicht überrannt wurde, als der Hund auf sie zutollte. Dann warf sie ein Stöckchen. Während der Welpe ihm nachlief, floh sie.

Kapitel 5

RATSCHLÄGE VON DER BLAUEN RAUPE

Alice rannte, bis sie ganz außer Atem war. Schließlich hielt sie an und lehnte sich zum Ausruhen gegen eine Butterblume. Nebenan wuchs ein riesiger Pilz, viel größer als sie selbst. Als sie sich auf die Zehenspitzen stellte und sich streckte, sah sie über den Hutrand – genau in die Augen einer fetten blauen Raupe. Sie saß reglos auf dem Pilz, rauchte eine Wasserpfeife und nahm nicht die geringste Notiz von ihrer Umgebung.

Schließlich sprach die Raupe doch langsam und schläfrig: „Wer bist du?“

„Das weiß ich nicht genau“, antwortete Alice unsicher. „Weißt du, wenn man dauernd groß und klein wird, ist das etwas verwirrend.“

Die Raupe nahm wieder einen Zug aus der Wasserpfeife und fragte noch einmal: „Wer bist du?“

„Du solltest mir lieber erzählen, wer du bist“, meinte Alice leicht verwirrt. „Das wäre nett!“ Sie drehte sich schon um und wollte gehen, als die Raupe zu reden anfing.

„Kannst du dich an etwas erinnern?“ fragte die Raupe. „An irgend etwas?“

Die Raupe paffte weiter an der Pfeife und fuhr fort: „An – ‚Vater William, du bist alt'?“

Alice verschränkte die Hände hinter dem Rücken und begann:

„Vater William, du bist alt“, sprach der junge Mann,
„und dein Haar, das sieht man ja, ist ganz weiß.
Glaubst du denn, es stünde dir noch an,
auf dem Kopf zu stehen wir früher, jetzt als Greis?“

Sagte der Greis: „Lieber Sohn, als ich noch jung wie du,
hatt' ich große Angst um all mein Hirn,
doch jetzt weiß ich ja, ich habe keins. Deshalb tu'
ich es weiter, und ich steh'gern auf der Stirn.“

*Weiter fragte der Sohn: „Du
bist nicht nur alt allein,
wie ein Schwein so fett bist du,
trotzdem schlägst du Purzel-
bäume durch die Tür herein,
woher nimmst du nur die
Kraft dazu?“*

*Sagt' der Vater: „Als ich jung
war, Sohn, da gab ich acht,
daß gelenkig ich stets war,
und das hat die Dose hier mit
Salbe stets gemacht –
für'n Groschen verkauf'
ich dir'n paar.“*

*„Nicht nur alt, sondern ganz
zahnlos bist du,
kannst nur noch Weiches ver-
dau'n,
doch du ißt eine Gans und
die Knochen dazu.
Wie kannst du nur alles zer-
kau'n?“*

„Als ich jung war", sprach
William, „studierte ich Recht,
und stritt jeden Tag mit
meiner Frau,
und die Muskeln im Mund
trainiert' ich nicht schlecht,
so daß ich heute noch harte
Brocken kau'".

„Du bist alt, Vater, doch es
staunen die Leut',
daß dein Auge so sicher noch
blickt,
balancierst einen Aal auf der
Nase noch heut',
sag, warum bist du so
geschickt?"

„Dreimal dir zu antworten
war ich bereit,
doch jetzt ist es wirklich aus.
Glaubst du, ich hätte den
ganzen Tag Zeit?
Sei ruhig, oder ich werfe dich
raus."

„Das stimmt nicht ganz“, sagte die Raupe, als Alice fertig war.

„Ich weiß“, meinte Alice ängstlich. „Manche Wörter haben sich geändert.“

„Gut, wie groß möchtest du sein?“ wollte die Raupe plötzlich wissen. Bevor Alice antworten konnte, gähnte die Raupe ein- oder zweimal und schüttelte sich. Dann kam sie vom Pilz herunter und kroch weg. Dabei erklärte sie: „Eine Seite läßt dich wachsen, die andere läßt dich kleiner werden.“

Alice betrachtete nachdenklich den großen Pilz. Dann brach sie mit beiden Händen ein Stück vom

Rand ab. Ein Bissen von dem Stück in der linken Hand ließ sie in die Höhe schießen. Alles, was sie noch sah, war ihr riesig langer Hals, der aus einem Meer grüner Blätter aufragte. Sie probierte gerade ihren langen Hals zu bewegen, als eine Taube angeflogen kam, die dauernd „Schlange, Schlange“ zischte.

„Ich bin keine Schlange“, sagte Alice. „Ich bin ein Mädchen. Wenn du glaubst, ich will dir deine Eier klauen, hast du unrecht.“

„Dann geh weg“, sagte die Taube. „Das ist mein Baum!“

Alice duckte sich so gut es ging unter den Zweigen, bis sie sich an das zweite Stück Pilz erinnerte, das sie immer noch hielt. Sie nippte daran. So bekam sie ihre normale Größe wieder und verschwand im Wald. Nach einer Weile kam sie an einem kleinen Haus vorüber. Sie erkannte sofort, daß sie viel zu groß war und nicht in das Haus passen würde. „Wer auch immer hier wohnt, er

wird sich furchtbar erschrekken, wenn er mich in meiner jetzigen Größe sieht.“ Also nippte sie wieder an dem Pilzstück in ihrer rechten Hand, bis sie meinte, die richtige Größe für das Haus zu haben. Sie wollte anklopfen und um Einlaß bitten.

„Wer auch immer hier wohnt, jetzt wird er sich nicht mehr fürchten“, sagte sie sich. „Ich habe die richtige Größe für das Häuschen.“

Kapitel 6

FERKEL MIT PFEFFER

Alice überlegte gerade, ob sie kräftig oder vorsichtig anklopfen sollte, als plötzlich ein Lakai in Livree aus dem Wald angerannt kam. Er schlug laut an die Tür. Sie wurde von einem anderen Lakai, ebenfalls in Livree, geöffnet. Der Fisch-Lakai übergab einen Brief, der beinahe so groß wie er selber war. „Für die Herzogin –

eine Einladung, eine Einladung", wiederholte er, „zum Krocket-Spielen bei der Königin." Bevor er wieder wegrannte, verbeugte er sich tief vor dem Frosch-Lakai. Der Frosch legte den Brief auf die Stiege, und Alice traute sich endlich hervor.

„Bitte", begann sie, „können Sie mir sagen, wie ich hineinkomme. Ich würde sehr gerne..."

„Es hat keinen Sinn, zu klopfen", sagte der Lakai. „Sie sind drinnen so laut, daß sie nichts hören würden."

Allerdings hörte man aus dem Haus einen ungewöhnlichen Lärm – ein ständiges Heulen und Schneuzen.

Dann schaute der Lakai in den Himmel. Alice kam das seltsam vor. Doch gerade da ging die Haustür auf, und heraus schwirrte ein großer blauer Teller. Er verfehlte nur knapp den Kopf des Lakaien.

„Sagen Sie mir doch bitte, was ich machen kann“, fing Alice wieder an.

„Alles was Sie wollen“, antwortete der Lakai.

„Es hat keinen Sinn, mit Ihnen zu reden“, entschied Alice. Sie stieß die Tür auf und ging hinein.

Die Tür führte in eine große, total verräucherte Küche. Die Herzogin saß mit einem Baby auf dem Schoß auf einem dreibeinigen Stuhl. Eine Köchin rührte in einem riesigen Tiegel, der offenbar voll Suppe und vor allem voll PFEFFER war.

Nur die Köchin und die große Katze mußten nicht niesen. Zwischen dem Niesen schaffte Alice es, die Herzogin zu fragen, warum die Katze so breit grinste.

„Weil es eine Lachkatze ist, darum“, sagte die Herzogin und schleuderte dabei ihr Baby in die Luft. „O bitte, passen Sie auf!“ rief Alice. Gleichzeitig begann die

Köchin einen Regen von Tellern, Pfannen und anderem Geschirr auf die Herzogin niederprasseln zu lassen. „Hier, paß auf es auf“, sagte die Herzogin im Aufstehen und warf Alice das Baby zu. Das arme kleine Ding schnaufte wie eine Dampfmaschine und sah sehr verwirrt aus. Alice wollte es nach draußen bringen.

Draußen schaute sie, ob es weinte. Kein Zweifel – es veränderte sich. Sein Mund sah eher wie eine Schnau-

ze aus, und seine Augen wurden immer kleiner. Sie trug es in ihren Armen umher und sagte: „Wenn du dich in ein Schwein verwandelst, will ich nichts mit dir zu tun haben.“ Sie setzte es also ab und sah zu, wie es gemächlich dem Wald entgegentrottete.

Etwas überrascht sah Alice die Lachkatze auf einem Baum sitzen. Das Tier grinste sie an, und sie setzte gerade zu einer einfachen Frage an, als es schon wieder verschwunden

war. Geduldig wartete sie, bis es wiederkam. „In welche Richtung soll ich jetzt wohl gehen“, fragte sie vorsichtig.

„Es ist ganz egal, wohin du gehst“, antwortete die Katze. „In einer Richtung wohnt ein Hutmacher, in der anderen ein Märzhase“, fuhr sie fort und schwenkte ihre rechte Pfote. „Beide sind verrückt!“

Alice entschied sich für die Richtung des Märzhasen, und schon bald sah sie ihn. „Ein Verrückter muß hier wohnen“, schloß sie aus den ohrenförmigen Schornsteinen auf einem Dach, das mit echtem Fell gedeckt war. „So ein irres Haus habe ich noch nie gesehen.“

Kapitel 7

EINE VERRÜCKTE TEEGESELLSCHAFT

Unter einem Baum vor dem Haus war ein Tisch gedeckt. Alice ging langsam darauf zu. Der Hase und der Hutmacher saßen beim Tee. Zwischen ihnen auf dem Tisch lag ein Siebenschläfer, den sie als Kissen benutzten.

Obwohl der Tisch groß war, saßen sie an einer Ecke zusammen. Und als sie Alice sahen, brüllten sie gleich: „Kein Platz! Kein Platz!“

„Hier ist doch massig Platz“, meinte Alice empört und setzte sich in einen tiefen Ohrensessel an einem Tischende. „Trink etwas Wein“, sagte der Märzhase unerwartet. Alice schaute sich um, sah aber nur Tee. „Ich sehe keinen Wein“, meinte sie schließlich.

„Es gibt auch keinen“, sagte der Märzhase. „Gab noch nie welchen.“ Bevor Alice antworten konnte, zog der Hutmacher eine Uhr aus seiner Tasche. „Was ist heute für ein Tag?“ fragte er. Er schüttelte die Uhr ein- oder zweimal und hielt sie dann an sein Ohr.

Alice dachte nach und meinte dann: „Der vierte.“

„Um zwei Tage verkehrt“, stöhnte der Hutmacher. „Ich hab’ dir ja gesagt, daß Butter nichts für das Uhrwerk ist!“ fügte er hinzu und sah ärgerlich zum Märzhasen.

„Es war sehr gute Butter“, bemerkte der Hase sanft. Er nahm die Uhr und betrachtete sie trübsinnig. Dann tauchte er sie in seinen Tee und schaute sie wieder an. Etwas Neues fiel ihm nicht ein, so wiederholte er: „*Beste* Butter.“

Alice hatte auf die Uhr gestarrt. „So eine komische Uhr“, sagte sie schließlich. „Sie zeigt an, welcher Tag ist, und nicht die Zeit.“

„Warum auch nicht?“ murmelte der Hutmacher. „Zeigt deine etwa an, welches Jahr ist?“

„Natürlich nicht“, antwortete Alice und schwieg dann.

„Genau“, sagte der Hutmacher und schwieg ebenfalls.

Alice lehnte sich im Sessel zurück und wartete. Der Hutmacher meinte gerade: „Der Siebenschläfer schläft wieder“, und schüttete ihm etwas warmen Tee auf die Nase.

„Ich finde alles richtig, was Sie sagen!“ quietschte das Tierchen, ohne die Augen zu öffnen.

„Sechs Uhr und Zeit für eine Geschichte!“ rief der Hutmacher plötzlich. Er schwenkte seinen Teelöffel durch die Luft und deutete schließlich auf die Maus.

„Du bist dran“, sagte der Hutmacher.

Die Maus öffnete gemächlich die Augen und begann: „Es waren einmal drei kleine Schwestern, die wohnten in einem Brunnen...“

„Wovon lebten sie?“ wollte Alice gleich wissen.

„Sie lebten von Sirup“, erklärte die Maus. „Der Brunnen war nämlich ein Sirup-Brunnen.“

„Das geht nicht", begann Alice.

„Rede nicht so viel", sagte der Hutmacher. „Sei ruhig..."

Alice regte sich darüber so auf, daß sie den Tisch verließ – gerade als die beiden den Siebenschläfer in die Teekanne steckten. Auf dem Weg durch den Wald bemerkte sie an einem Baum eine Tür. „Warum sollte ich nicht hineingehen", überlegte sie und öffnete die Tür.

Kapitel 8

AUF DEM KROCKETPLATZ DER KÖNIGIN

Zum zweiten Mal war Alice nun in der großen Halle bei dem kleinen Glastisch. „Jetzt kenne ich mich schon besser aus", dachte sie, nahm den goldenen Schlüssel und sperrte die kleine Tür auf. Dann nippte sie an dem Stück von dem Pilz, das sie immer noch festhielt. Als sie nur noch etwa einen Fuß hoch war, ging sie durch die Tür in den wunderbaren Garten.

Ein hoher Rosenbusch stand beim Eingang. Die Rosen daran waren eigentlich weiß, wurden aber gerade von drei eifrigen Gärtnern rot angestrichen.

Plötzlich wurde eine Ankündigung gerufen: „Der Herzkönig und die Herzkönigin!“ Alice sah die prächtig mit Karos und Pik-Ornamen-

ten dekorierten Herrschaften vorüberziehen. Die zehn Königskinder waren mit Herzen geschmückt.

Alice dachte, daß das Kaninchen sie bemerken müsse. Es nahm aber keine Notiz von ihr. Die Königin dagegen fragte: „Wer ist das? – Wer bist du, Kind?"

„Ich bin Alice, Eure Majestät", antwortete Alice.

Die Königin wandte sich dann an die drei Gärtner, die ihre Arbeit noch nicht beendet hatten. „Kopf ab!" schrie sie.

„Das ist ungerecht", sagte Alice und steckte die armen Gärtner in einen großen Blumentopf.

Der Zug bewegte sich weiter, bis die Königin rief:

„Zeit fürs Krocket!“ Alice bekam einen Flamingo als Schläger. Die Kugeln waren lebendige Igel.

Alice schaute sich nach dem so uner-

wartet aufgetauchten weißen Kaninchen um. Schon wieder war es verschwunden. Mit dem Flamingo hatte sie ihre Schwierigkeiten. Er wand sich dauernd in ihren Armen und wollte sie anschauen. Die anderen Spieler schrien und stritten alle, und die Königin war nicht mehr zu bremsen. Sie stapfte umher und rief dauernd: „Kopf ab! Kopf ab!“

Alice bekam Angst um ihren eigenen Kopf.

Sie schaute sich nach einem Fluchtweg um und sah etwas Seltsames in der Luft. Zuerst war

sie verwirrt. Dann erkannte sie ein Grinsen und sagte sich: „Das muß die Lachkatze sein!“

Nach einer Minute sah sie den ganzen Kopf und fing an, ihm von dem Spiel zu erzählen.

„Es gibt überhaupt keine Regeln“, sagte sie. „Der Igel der Königin rennt immer weg, wenn meiner ankommt. Wenn du mich fragst – es ist alles ziemlich doof.“

Alice brach ab, als der König kam. „Mit wem redest du?“ fragte er und starrte auf den Katzenkopf.

„Es ist eine Bekannte von mir – eine Lachkatze“, erklärte Alice.

„Sie gefällt mir nicht“, sagte der König.

„Ihren Kopf ab!“ rief die Königin, als der König sie bat, die Katze entfernen zu lassen.

„Ich hole selber den Scharfrichter“, sagte der König eifrig und entfernte sich.

Als er mit dem grimmig dreinschauenden Scharfrichter zurückkam, hatte sich bereits eine Gruppe Schaulustiger versammelt. „Ich kann nur Köpfe abhacken, die auf einem Körper festgewachsen sind“, erklärte er mehrmals, obwohl die Königin immer wieder „Halt's Maul!“ brüllte.

Schließlich schlug jemand vor, die Herzogin zu fragen.

„Holt sie!“ befahl die Königin. „Sie ist im Gefängnis.“ Doch bevor die Herzogin eintraf, war die Katze verschwunden.

Kapitel 9

DIE GESCHICHTE DER FALSCHEN SUPPEN-SCHILDKRÖTE

Sobald die Herzogin angekommen war, ging sie auf Alice zu und hakte sich freundschaftlich bei ihr unter.

„Gut, dich zu sehen, meine Liebe“, rief sie.

Alice war erleichtert, sie in so guter Stimmung zu treffen. „Es war wohl der ganze Pfeffer in ihrer Küche“, dachte sie bei sich, während die Herzogin weiter ihren Arm drückte.

„Du willst doch bestimmt, daß ich meinen Arm um deine Taille lege“, sagte die Herzogin gerade. „Doch ich weiß nicht, was ich von deinem Flamingo halten soll.“

Plötzlich schwieg die Herzogin. Alice blickte auf und sah die Königin vor sich, die düster wie ein Gewittersturm dreinschaute.

„Einen schönen Tag, Eure Majestät", begann die Herzogin mit unsicherer Zitterstimme.

„Ich warne Sie", schrie die Königin, während sie ihren Flamingo fester nahm. „Entweder Ihr Kopf oder Ihr Körper muß ab! Und zwar in null Komma nichts. Was ist Ihnen lieber?"

Die Herzogin schaute mißtrauisch. Dann, ohne ein Abschiedswort an Alice, war sie wie der Blitz verschwunden.

„Machen wir weiter mit dem Spiel", sagte die Königin zu Alice. Diese konnte vor lauter Angst nicht mehr herausbringen als: „Sehr wohl, Majestät. Wie Sie befehlen."

„Folge mir auf das Krocket-Feld!" befahl die Königin, und Alice folgte. Nach einer halben

Stunde waren alle Spieler zum Tode verurteilt. Die Königin fragte Alice plötzlich, ob sie schon die Falsche Suppenschildkröte kennengelernt habe.

„Nein“, antwortete Alice, „ich weiß nicht einmal, was eine Falsche Suppenschildkröte ist.“

„Dann komm. Sie wird dir ihre Geschichte erzählen“, befahl die Königin.

Sie kamen an einem in der Sonne schlafenden Greif vorüber. Die Königin schrie: „Auf, du faules Stück!“

Der Greif machte die Augen auf, und die Königin fuhr fort: „Bring dieses Fräulein zur Falschen Suppenschildkröte. Ich muß zurück und bei den ganzen Hinrichtungen zuschauen, die ich angeordnet habe.“

„Komm“, sagte der

Greif und stand auf. Alice folgte ihm. Sie kamen zur Falschen Suppenschildkröte, die sie mit vor Tränen triefenden Augen anschaute.

„Dieses junge Fräulein“, sagte der Greif, indem er Alice nach vorne schob, „will deine Geschichte hören. Das will sie. Ja.“

„Ich werde sie ihr erzählen", sagte die Schildkröte mit ihrer tiefen, hölzernen Stimme. „Setzt euch beide und sagt kein Wort, bis ich zu Ende erzählt habe."

So setzten sie sich und schwiegen ein paar Minuten lang. Alice wartete geduldig, bis die Schildkröte mit einem tiefen Seufzer begann: „Einst war ich eine echte Suppenschildkröte..." Wieder schwieg die Schildkröte und schnaufte heftig. Sie fuhr fort: „Als wir noch klein waren, gingen wir im Meer zur Schule, ob ihr es glaubt oder nicht."

„Ich glaube es ja", unterbrach Alice. „Ich habe nichts gesagt."

„Hast du wohl", sagte die Schildkröte.

„Sei still", sagte der Greif zu Alice, und die Schildkröte fuhr fort: „Wir hatten einen hervorragenden Unterricht dort. Wir gingen sogar jeden Tag in die Schule."

„Ich gehe auch jeden Tag in die Schule. Darauf brauchst du nicht so stolz zu sein", bemerkte Alice.

„Hast – hast du so etwas wie – Französisch und - und Musikstunden?"

„Ja", sagte Alice. „Wir lernen Französisch und haben auch Musik."

„Und Waschen?" wollte die Falsche Suppenschildkröte wissen.

„Natürlich nicht!" sagte Alice entrüstet.

„Ah! Dann ist deine Schule nicht wirklich gut", sagte die Schildkröte sehr erleichtert. „In unserer Schule gab es Französisch, Musik *und* Waschen als Zusatzfächer. Waschen war etwas ganz Besonderes."

Langsam wurde die Falsche Suppenschildkröte etwas weniger mißmutig und begann begeistert von ihrem gelehrten Lehrmeister zu erzählen. “Bei jeder Stunde hatte er einen Zeigestab in der einen und ein Buch in der anderen Hand“, sagte sie voll Bewunderung.

Alice traute sich kaum, die Schildkröte schon wieder zu unterbrechen. Als sie aber innehielt, um ein paar Atemübungen zu machen, meinte Alice: „Was für Stunden gab es außerdem noch bei euch im Meer?“ „Das ist genug“, rief der Greif, „erzähl uns lieber von den Spielen!“

Kapitel 10

DIE HUMMER-QUADRILLE

Die Falsche Suppenschildkröte seufzte tief und fuhr sich mit der Schwimmflosse über die Augen. Dann sagte sie: „Du weißt nicht, was eine Hummer-Quadrille ist, oder?“

„Zeig es mir doch“, bat Alice. Die beiden Gestalten fingen sofort wie Verrückte vor ihr herumzuspringen an.

„Es muß ein sehr netter Tanz sein“, vermutete Alice, als die Tänzer sich plötzlich niedersetzten.

„So ist es“, sagte die Schildkröte. „Alle machen mit.“

„Das ist richtig“, bestätigte der Greif außer Atem.

„Man bildet zwei Reihen“, erklärte die Schildkröte. „Seehunde, Schildkröten, Krabben, Schnecken, große und kleine Fische...“

„Manche mit einem Hummer als Partner“, unterbrach der

Greif. „Die Hummer sind ja so wichtig…"

„Das dachte ich mir schon", sagte Alice. „Es muß sehr aufregend sein."

„Die Hummer werden meist etwas herumgeschleudert", meinte die Schildkröte. „Es ist so eng im Meer…"

„Was ist mit der Musik? Habt ihr Musik?" wollte Alice wissen.

„Ich singe", sagte die Schildkröte mit ihrer traurigen, tiefen Stimme.

„Ich weiß ein Gedicht über eine Eule und einen Panther, die Pastete fressen", sagte Alice und stand auf. „Und hier ist ein Gedicht über einen Hummer. ‚Es ist des Hummers Stimme', beginnt es."

„Was war mit dem Panther?" wollte die Schildkröte wissen.

„Er fraß den Teig, das Fleisch und den Bratensaft", sagte Alice. „Die arme kleine Eule bekam nicht..." Sie brach ab, weil jetzt ein Schrei zu hören war: „Das Gericht beginnt!"

„Komm schon", rief der Greif und nahm Alice bei der Hand. „Wir müssen uns beeilen!"

Kapitel 11

WER HAT DIE TÖRTCHEN GEKLAUT?

Alice konnte dem Greif kaum folgen, aber er hielt sie fest an der Hand, so daß sie keine Wahl hatte. Bald hatten sie eine große Gesellschaft eingeholt, die eilig vorwärts ging.

Herzkönig und Herzkönigin saßen bereits auf dem Thron, als sie ankamen.

Der böse Bube stand in Ketten vor ihnen, mit einem Wachsoldaten an jeder Seite. Beim König war das weiße Kaninchen mit einer Trompete in einer Hand.

„Die ganzen Leute und die kleinen Tiere gehen wohl zur Gerichtsverhandlung?“ Alice war ganz außer Atem. „Findet sie in einem Gerichtshof statt? Ich weiß zufällig, daß dort immer die Verhandlungen abgehalten werden.“

„Du hast recht“, sagte der Greif mit tiefer Stimme.

„Das weiße Kaninchen muß der Herold sein“, vermutete Alice.

„Weil es die Trompete und die Schriftrolle hält.“

Dann sah sie, daß der König die Krone auf seine Perücke gesetzt hatte.

„Er wird der Richter sein“, dach-

te sie und freute sich, daß sie so viel über Gerichte wußte.

„Ich habe in einem Buch etwas über Gerichte gelesen“, erklärte sie dem Greif, der dicht bei ihr stand. Das da drüben ist die Geschworenenbank, und die zwölf Gestalten dort müssen die Geschworenen sein...“ Sie wiederholte die letzten Worte voller Stolz auf ihr Wissen, doch der Greif achtete gar nicht darauf.

„Die Platte mit den Törtchen auf dem Tisch ist wohl das Beweismittel.“ Nach kurzem Schweigen redete sie weiter. „Ich wünschte, sie würden nach der Verhandlung zur allgemeinen Stärkung im Saal herumgereicht. Sie sehen so lecker aus.“

„Rede zumindest leise“, sagte der Greif.

Alice wollte gerade gegen den unhöflichen Ton des Greifs protestieren, als der König schrie: „Herold, lies die Anklageschrift vor!“

Daraufhin blies das weiße Kaninchen dreimal in seine Trompete, entrollte das Pergament und las:

„An einem schönen Sommertag
buk Törtchen, die wohl jeder mag,
die Königin der Herzen.

Herzbube stahl sie alle,
die Törtchen aus der Halle,
sie konnt'es nicht verschmerzen.“

„Ruf den ersten Zeugen auf“, befahl der König. Wieder blies das Kaninchen dreimal in seine Trompete und rief: „Erster Zeuge!“ Der erste Zeuge war der Hutmacher. Er kam an mit einer Tasse Tee in der einen und mit einem Butterbrot in der anderen Hand.

„Ich bitte ergebenst um Entschuldigung, ich war noch nicht mit meinem Tee fertig, als ich gerufen wurde“, begann er.

„Du hättest fertig sein sollen“, sagte der König streng. „Berichte nun!“

Der arme Hutmacher zitterte so sehr, daß er beide Schuhe verlor. „I-ich k-kann mich nicht an d-die T-Teegesellschaft oder die T-Törtchen erinnern“, sagte er weinerlich.

„Du bist ein sehr schlechter Redner“, sagte der König stirnrunzelnd. „Du darfst nun abtreten...“

„Und schlagt ihm draußen den Kopf ab“, ordnete die Königin einem der Offiziere an. Doch der Hutmacher war schon verschwunden, bevor der Offizier ihm folgen konnte.

„Ruf den nächsten Zeugen auf", sagte der König.

Die nächste Zeugin war die Köchin der Herzogin. Sie hatte den Pfefferstreuer in der Hand. Als sie eintrat, begannen die Leute in Türnähe zu niesen. „Was weißt du?" fragte der König.

„Ich? Nichts!" sagte die Köchin.

Der König sah unruhig zum weißen Kaninchen, das leise vorschlug: „Euer Majestät müssen die Zeugen ins Kreuzverhör nehmen."

„Gut, wenn ich muß, dann muß ich", sagte der König mit tiefer Stimme. „Woraus sind die Törtchen gemacht?"

„Fast nur aus Pfeffer“, sagte die Köchin. Die Königin schaute die Köchin durch ihre Stielbrille an. Alice mußte immerzu denken, daß die Köchin mit ihrer Unhöflichkeit wohl bald ihren Kopf verlieren werde.

Unerwartet rief eine schläfrige Stimme aus dem Hintergrund: „Sirup!“

„Kopf ab!“ schrie die Königin.

Während der Siebenschläfer weggezogen wurde, machte sich die Köchin aus dem Staub.

„Der nächste Zeuge!“ befahl der König, froh über das Verschwinden der Köchin.

Kapitel 12

ALICE ALS ZEUGIN

In seinem höchsten Kreischton rief das weiße Kaninchen ihren Namen: „Alice!“

„Hier!“ stotterte Alice und vergaß darüber ganz, daß sie seit ein paar Minuten wieder am Wachsen war. Sie sprang so hastig auf, daß sie mit ihrem Kleid über die Geschworenenbank fegte.

Alle Geschworenen waren verstört. Manche fielen durcheinander und purzelten über den Boden.

Das Kaninchen schaute sehr ängstlich drein. Alice stammelte: „Ich bitte um Entschuldigung! Ich helfe mit, wieder Ordnung zu machen.“ Sie sammelte ein paar von den kleinen Geschworenen ein und versuchte ziemlich erfolglos, sie wieder in ihre Bank zu setzen. Irgendwie stellte sie sich vage vor, sie alle gleichzeitig hochheben zu müssen, sonst würden sie sterben. „Ich muß daran denken, wie ich das Goldfischglas umwarf und die Fische fast gestorben wären“, sagte sie sich. Gerade stürzte eine Blaudrossel auf eine schutzlose Ente nieder. „Oh, wäre ich doch nie wieder gewachsen“, wünschte Alice.

„Das Verfahren kann erst weitergehen“, sagte der König

sehr ernst, „wenn alle Geschworenen wieder an ihrem Platz sind – *alle*." Dabei sah er Alice streng an.

Alice schaute die Bank an und bemerkte, daß sie in der Eile die Eidechse mit dem Kopf nach unten hineingestellt hatte. Das arme Tier schwenkte den Schwanz hin und her und konnte sich kaum rühren. Sie setzte es richtigherum in die Bank.

Der König wartete geduldig ab, bis Alice alles in Ordnung gebracht hatte und die Geschworenen ihre Schiefertafeln und Stifte wieder in Händen hielten. Die meisten erholten sich offenbar schnell wieder. Nur die kleine Eidechse saß mit offenem Mund da und starrte nach oben in die Luft.

Alice stellte sich in den Zeugenstand, und der König fragte: „Was weißt du über die Angelegenheit?"

„Nichts", sagte Alice, „gar nichts."

„Das ist sehr wichtig", sagte der König, an die

Geschworenen gewandt. Sie wollten das gerade auf ihre Tafeln schreiben, als das weiße Kaninchen unterbrach: „UNwichtig, meinen Majestät

natürlich“, sagte es sehr respektvoll, schnitt dem König aber dabei Grimassen und runzelte die Stirn.

„UNwichtig, meine ich natürlich“, sagte der König schnell. „UNwichtig natürlich.“ Er hüstelte.

Alice sah, daß einige von den Geschworenen „wichtig“ schrieben, andere „unwichtig“.

Außer der armen kleinen Eidechse warteten alle Geschworenen darauf, daß der König noch etwas sagen würde. Statt dessen zog er sein Notizbuch hervor, studierte es eine Weile und meinte dann: „Regel zweiundvierzig:

„Alle Personen mit einer Höhe von über einem Kilometer haben den Gerichtssaal zu verlassen."

Das weiße Kaninchen sprang eilig auf. „Gerade ist dieses Papier aufgetaucht, Euer Majestät. Ich habe es noch nicht geöffnet. Es scheint aber ein Brief des Angeklagten an irgend jemanden zu sein", rief es.

„Das muß es wohl sein!" entschied der König. „Oder es ist an *niemanden* geschrieben. An wen ist es gerichtet?"

Das weiße Kaninchen faltete das Papier auf. „Es ist doch kein Brief, Euer Majestät, es sind ein paar Verse."

„Bitte, Euer Majestät", sagte der Bube plötzlich, „ich habe es nicht geschrieben, niemand kann beweisen, daß ich es war."

Und trotz seiner Ketten kniete er sich auf ein Bein nieder und fuhr fort: „Außerdem ist es nicht unterschrieben, das beweist alles..."

„Das beweist gar nichts. Nichts", sagte der König.

Im ganzen Saal hörte man zustimmenden Applaus. Der

König fuhr fort: „Du hattest eine Schurkerei im Sinn, sonst hättest du unterschrieben!"

„Das beweist seine Schuld!" schrie die Königin.

„Gar nichts beweist das", rief Alice. „Ihr wißt nicht, was in den Versen steht..."

„Lies vor", sagte der König. Und das Kaninchen setzte seine Brille auf und las vor. Doch las es so schnell, und die Verse waren so verworren, daß selbst die Geschworenen nichts mehr auf ihre Tafeln schrieben. Die Königin schleuderte ein Tintenfaß nach der armen kleinen Eidechse Bill, die noch nicht ein vernünftiges Wort auf ihre Tafel geschrieben hatte – obwohl das eigentlich nicht verwunderlich war!

„Das ist alles Quatsch und Unsinn!“ rief Alice. „Wenn der Bube die Törtchen gestohlen hätte, dann hätte er sie aufgegessen...“

„Halt den Mund“, sagte die Königin und lief vor Wut dunkelrot an.

„Das werd’ich nicht“, sagte Alice.

„Kopf ab!“ schrie die Königin.

„Was stört mich das!“ sagte Alice. „Ihr seid nur ein Pack Spielkarten!“

Dabei flog das ganze Pack hoch in die Luft. Die

Karten segelten auf Alice herab. Alice schrie leise auf und versuchte die Karten abzuwehren – und fand sich am Hang wieder. Ihre Schwester strich ihr vorsichtig ein paar Blätter aus dem Gesicht, die von den Bäumen auf sie heruntergefallen waren.

„Wach auf, Alice“, sagte ihre Schwester. „Hast du aber lange geschlafen!“

„Oh, ich habe so einen seltsamen Traum gehabt!“ sagte Alice. „So einen wunderbaren Traum. Komm, ich erzähle ihn dir.“

Ende